空谷做么响

山阴沈定庵书

——汉俳里的塔影榕荫

王导 编著

南方日报出版社
NANFANG DAILY PRESS
中国·广州

图书在版编目（CIP）数据

空谷做么响：汉俳里的塔影榕荫 / 王导编著 . — 广州：南方日报出版社，2018.6
ISBN 978-7-5491-1802-1

Ⅰ.①空… Ⅱ.①王… Ⅲ.①俳句－诗集－中国－当代 Ⅳ.① I227.9

中国版本图书馆 CIP 数据核字（2018）第 055253 号

责任编辑： 阮清钰
特约编辑： 谭　颖
责任技编： 王　兰
书名题写： 沈定庵
书名治印： 梁国明
封面绘画： 王晓东
装帧设计： 曾　焕

KONGGU ZUO ME XIANG

空谷做么响——汉俳里的塔影榕荫　　王导 编著

出版发行： 南方日报出版社
地　　址： 广州市广州大道中 289 号　　**邮编：** 510601
电　　话：（020）87373998-8502
经　　销： 全国新华书店
统　　筹： 广州华讯恒新咨询有限公司
印　　刷： 广州星河印刷有限公司
开　　本： 787mm × 1092mm 1/32
印　　张： 5.5
字　　数： 80 千字
版　　次： 2018 年 6 月第 1 版
印　　次： 2018 年 6 月第 1 次印刷
定　　价： 48.00 元

投稿热线：（020）87373998-8503　**读者热线：**（020）87373998-8502

网址： http://www.nfdailypress.com/index.html

序

法量上人

塔影榕荫，千载同光。
王文苏墨，百世留芳。
古刹清幽，空谷回响。
法灯不灭，文脉绵长。

云公遗韵，诗词铿锵。
朴老始创，汉俳焜煌。
后辈俊彦，慨慕景仰。
发心立愿，克绍阐扬。

文学仙葩，禅悦贻香。
嘉言美图，相得益彰。
意象奇巧，神思滉漾。
辑而为册，气象堂皇。

佛教文化，历久弥昌。
契理契机，旌帜高飏。
适当其时，开来继往。
欣而为序，正道沧桑。

缘起

王导

①

“尘嚣中我思念 / 竹林旁的泠泠弦音 / 竹林旁我思念 / 榕荫下的无上清凉 / 榕荫下我思念 / 天那边的云卷云舒”——生性闲散如我，自慕孤云野鹤，纵情山水原野，混迹南镇北乡，忽于嘈杂市井，忽于寂静丛林。此等心性，非是内外不执的“应无所住”境界，不过是无法御心的“不能安住”罢了。

忆往昔，流连于诸兰若禅林，大都蜻蜓点水，略览其风貌建筑而已，得幸拜访丛林大德，亦多作泛泛之论，无非以为清谈自诩之凭借。唯于六榕，因缘颇为殊胜，法量上人不以我之浅薄，命我操持六榕些许弘宣事宜。感上人之偏爱垂青，暂收马意猿心，安坐六榕一隅，敲文打字，不觉间逾两年矣。

日逝夜消，经年累月，对六榕之殿堂庭院、历史人文越是了解，越是有种亲切和依止之情。其间，躬逢法量上人以"梵音雅集""六榕讲堂"诸多举措为引，促佛教文化与中华其他优秀传统文化之融合互鉴，有幸参与其中，更折服于佛法之甚深微妙、佛教之灿烂辉煌。仰之弥高，钻之弥坚，然生年过半，性情疏懒，况乎天资不足，心志不高，料于今生终难窥得堂奥。惟按部就班，只求无过，若非上人亲自点拨，六榕弘宣之事，中平之局尚不可得。江淹才尽，惟待青青子衿，吐故纳新，承六榕厚德，彰上人格局。

"人生到处知何似？应似飞鸿踏雪泥。"于六榕两度春秋，其间种种，皆由缘起，若于个体而论，自是无须记述，一鳞半爪之踪，终归过眼烟云。然六榕一千五百多年来，生生不息，绵绵不绝，其高其深其远，其时其人其事，若无先贤所录，今人何以为凭？故立定主意，但行是事，不问前程，仍将于六榕之所见所历所感，书于一册。

然以何种形式呈现，斟酌再三，颇费心思。我于散文一途算是驾轻就熟，起先断断续续写了几篇，终又搁下。想六榕乃法灯不灭之道场，亦是文气淋漓之宝地，"王文苏墨"光照千载，即便放眼岭南诸丛林，仍可谓领文脉风气一时之先。故此，须得以与过往不同的形式来记述，方衬得起我心中特别的六榕——不必讳言，这就是我的分别心。

②

赵朴初先生是当代中国佛教的卓越领袖、著名的社会活动家与伟大的爱国主义者。朴老与六榕寺渊源颇深。1982 年，朴老为六榕寺交还佛教僧人管理一事专门致信邓小平，促成尽快落实宗教政策，帮助六榕寺从此走上了恢复和发展的重光之路。朴老曾多次前来六榕寺，与前任住持云峰长老惺惺相惜，私交甚笃，常以诗文互赠，并留下许多墨宝，寺内的“万德庄严”以及“观音殿”等匾额，便出自朴老之手。

“君生我未生，君逝我方觉”，是我在一篇小文中的感怀，这个“觉”，是觉知此生已再无机会亲近朴老之憾。我本对朴老甚是仰慕，兼之六榕的缘故，对朴老的生平，尤其是在诗词方面的建树，更着意留心。

不知是有意栽花还是无心插柳，在阅读朴老的相关史料时，竟让我意外拾掇了一个宝贝，这便是由朴老创立的一种新诗体——汉俳。

说到汉俳，必须从日本俳句说起。日本俳句是日本传统诗歌形式之一，其起源与中国古代诗词尤其是五言绝句密不可分。日本著名俳人正冈子规曾说：“俳句、和歌、汉诗形式虽异，志趣却相同，其中俳句与汉诗相似之处尤多，盖因俳句源于汉诗绝句之故。”

日本俳句源自唐诗宋词，经过日本诗人的不断改良和发展，形成了独特的魅力，其最大特点是句式极简而意象丰富。俳句全诗只有十七个音节，诗分三行，每行各有五、七、五个音节，恰恰因其字数极少，俳人在创作俳句时，更能专注于将内心的玄思妙想与自然的微光绮景相应和，于刹那间定格永恒，浑然天成，引人深思，令人回味。

自 20 世纪初叶新文化运动以来，我国便陆续有文学大家将日本俳句翻译成中文，进而尝试以俳句的形式用汉语来写新诗，不过均是偶尔为之，不成体系。

1980 年 5 月 30 日，日本俳人协会访华团到访北京。日本诗人送来松尾芭蕉、与谢芜村、正冈子规等俳句名家的诗集，两国诗人相聚一堂，赵朴初先生诗兴勃发，参照日本俳句形式和特点，依照中国传统诗歌创作的平仄韵律，将五、七、五日语音节，易为五、七、五中国汉字，即兴赋诗三首。朴老诗文功底深厚，信手拈来皆成妙作，其中一首诗云："绿阴今雨来，山花枝接海花开，和风起汉俳。"于诗中首现"汉俳"二字，一锤定音，从此，中国文学瑰丽的百花园中，蓦然绽放出"汉俳"这一枝雅致的花儿。

了解到朴老创立汉俳的这段历史，又读了朴老的汉俳，我暗自心喜：果真是"踏破铁鞋无觅处，得来全不费功夫"。何不就用汉俳这种形式，来记述六榕呢？

汉俳言简意深，可抒情，可叙事，最宜阐发幽情，自带一种禅意；六榕寺虽处繁华城央，却大隐于市，优雅静谧，精致赡博，历史久远，影响尤深。汉俳和六榕如此参照相较，宛似天作之合，珠联璧合。

汉俳自朴老定型定规之后，一时传遍海内外，和者云集，20 世纪八九十年代，许多诗人纷纷参与创作汉俳，涌现了不少佳作。不过，汉俳这一体裁毕竟是新生事物，有其自身特点和规律，若非长期专注于此、如琢如磨，或难有心得。故一阵创作热潮过后，随即进入了一个相对沉寂的时期。

汉俳无疑是极富特色的一种文学表现形式，理应得到承继和光大。当然，汉俳只有 17 个字，要想在一首汉俳中呈现宏大叙事格局，确是勉为其难。但它的长处在于抓取时间上的一瞬、空间里的一隅、思维中的一念，纳须弥于芥子，其效果则或像一束光芒，或似余音袅袅，或如云开月明，呈现清新脱俗的美学意象；其跳跃奇巧之处，又颇见禅宗直指人心当下彻悟的风骨。

汉俳既与禅意相契，又与六榕相合，加之还有一层朴老的因缘在，我忽然就不自量力地生出一种使命感：万般皆由缘起，当以汉俳为载体，既展示六榕寺的历史人文及当下，又能于汉俳创作方面做更多的努力和尝试，我想，这也是我纪念朴老的一种方式吧。

③

我一边找来汉俳诗人的作品阅读，一边开始练习写作汉俳，如小马过河，小心翼翼地试探。不久之后我发现一个现象，传统的诗词作者要写好汉俳并不是一件容易的事。是创作者的诗词功底薄弱吗？不，恰恰相反，大部分作者在汉俳创作上没有取得更大的成功，是因为他们在传统诗词方面的素养太高，一出手便受到无形的影响，不知不觉就着了相：要讲究诗的完整性，要追求磅礴大气，要起承转合，要一咏三叹。可惜汉俳偏偏不需要大场面，它仅仅是撷取森林里的一片树叶，捡拾荒漠中的一粒石子，捧起江河中的一掬清水。汉俳创作，劲使得越大，越没有着落；

越是随缘随性，反倒能催发出一些好句。

在我自以为窥得汉俳的些许微妙之处后，偶然间有过得去的一句半句，便掩饰不住自得，忍不住在朋友圈里炫耀了三两回。由于内容关乎六榕，竟引起法量上人的注意，向我问起汉俳。我现学现卖，向上人做了大概介绍。原以为上人只是一时好奇，没成想自此之后，上人也开始了汉俳的写作，不过他并没有耽于写景状物，而是另开新篇，以汉俳用于弘法，每次都结合六榕寺微信公众号的文章或榕荫公益广播的播音内容，将其主旨以汉俳的形式，用简炼的语言表达出来，让人印象深刻，受益无穷。

一日，我将编辑出版六榕汉俳诗歌与摄影萃集的想法向上人提及，并希望可以把上人的汉俳作品全数收录进来。上人笑了笑说："你的想法很好，我欢喜随喜你的抉择。但我写的那些句子，只是借用汉俳这种句式而已，既不合平仄，也不讲音韵，还是罢了，罢了。”

无论是日本俳句还是汉俳，都呈现多元而自由的发展方向。比如汉俳，就不太注重日本俳句中表示季节时令的“季语”，许多汉俳诗人还创作了“无韵汉俳”，不理会平仄格律，除了遵循五七五的句式之外，其他与现代自由诗的表达已经无异。

如上人所言，汉俳，就是一个形式而已，在什么人的手里就有什么样的用法。我是一介文人，自然偏重于文学属性和形式之美，在创作时便尽量遵从朴老定型定规的格律；上人是一代大德气象，另辟蹊径，以汉俳作法语，如指月之手，教化众生，又岂须拘泥于音节？

上人既坚持初衷，我不好强求，兼之，这本小册子是以一首汉俳配一幅照片，以展示六榕的景致人文，而上人以汉俳所写偈语，侧重的是如理思维，文图对照的方式恐难凸显上人汉俳之精妙。既如此，不如再做斟酌，待想出更好的形式，将上人的汉俳专门集结，岂不更好？

虽如此，仍是放不下。我的私心是，若无上人加持，这个册子岂非大逊其色？便于上人的汉俳中，偷偷选了若干音律意象皆美又方便配图的作品，放将上来。

上人的汉俳法句，各人读来当各有所会，各受妙用。我感受最深的是《空谷做么响》，说起这首汉俳来还有一段故事：供奉于六榕丈室的观音菩萨圣像，原是有一个玻璃罩的。我曾经暗自嘀咕，这罩子能隔阻灰尘，却多少影响了美观，且与丈室的洗练风格不很相衬。一念既起，合该有事。一日，因为需要一张配图，便拜托在寺里的义工去丈室拍张照片，好巧不巧，在拍摄时，玻璃罩子竟不慎给打烂了。事情因我而起，为说明情况兼领责，我写了一段文字，又作一首汉俳呈予上人，诗云："清脆哗啦响 / 遂了尔等心头想 / 无遮花更香。"

上人阅后，随即用原韵回了一首："无遮花更香 / 莫作平常意识想 / 空谷做么响。"

上人说过，有些文字，应该懂的人一看就懂，不懂的人再看也不懂，"空谷做么响"便是如此。玻璃罩子打烂了，我确是自责无疑，但实实在在又是兼有一些自得的，以及另外一丝丝我自己也无法准确言说的况味，很复杂也很微妙。而当上人的《空谷做么响》这一首汉俳突然出现，让我如醒醐灌顶，物我两忘，心中空空如也，纯之又纯，净之又净。

时过境迁，如今让我再去思量"空谷做么响"，却又完全不记得在当时，那一刹那对这句话的细微体悟了。就算是同一个我，面对同样一句"空谷做么响"，我在那时是那样思维，我在这时又是这样思维，如人饮水，冷暖自知，这就是禅吗？

空谷做么响？

空谷不言，何来声响？

欲令世界如何待你，且便如何对此世界。

空谷做么响？

起心动念，岂能不慎？

莫作平常意识想，若结乐果必善因。

空谷做么响？

本无一物，何处惹尘？

既言无事可记，何又多此一举。

空谷做么响？

参！

目录

榕
眉山軾題并書

源流

绿阴今雨来
山花枝接海花开
和风起汉俳
——赵朴初

论及汉俳，岂可不提赵朴初（1907—2000）这首为汉俳定名、定型、定规的发轫之作？这一首虽非朴老的第一首汉俳诗作，但其地位极其重要，汉俳的源流因缘，尽于此中。自此，绚烂斑斓的中华文化大观园里，“汉俳”这枝简练素雅的异香仙葩应时而出。

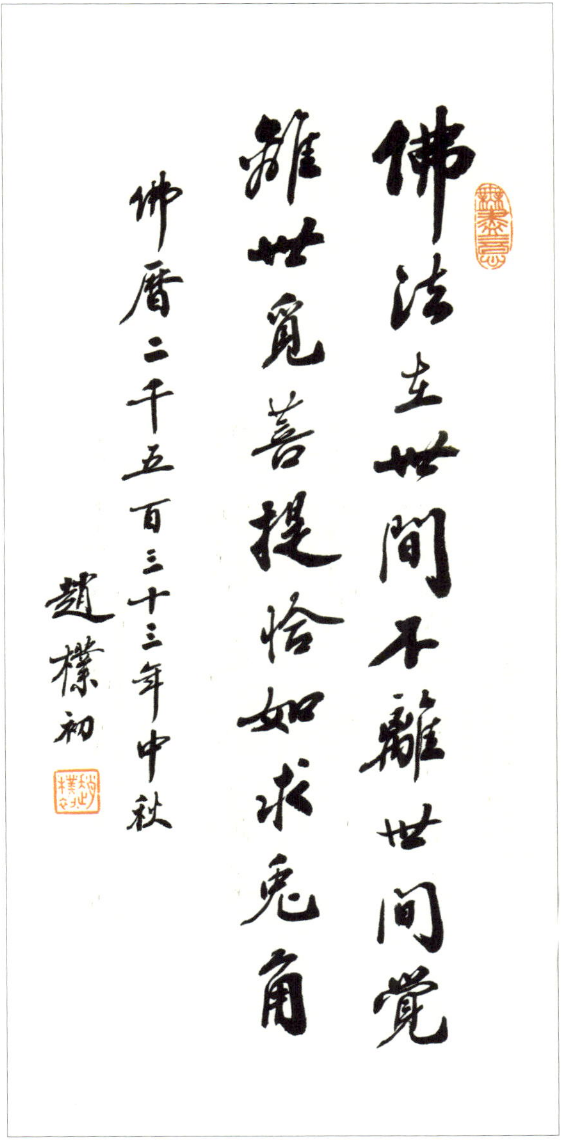

佛法在世间／赵朴初 书

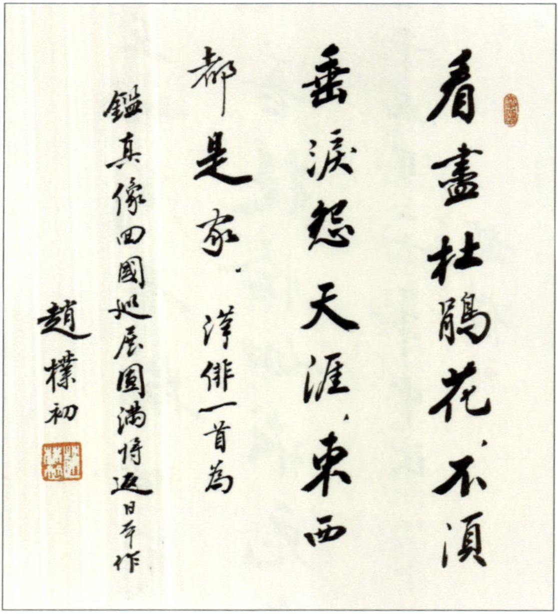

东西都是家／赵朴初 书

看尽杜鹃花

不须垂泪怨天涯

东西都是家

——赵朴初

鉴真和尚是唐代高僧，应邀东渡日本传法，并将盛唐时的建筑、雕塑、绘画、书法、文学、印刷、医药等文化和科技带到日本，被日本人民誉为日本律宗初祖、医药始祖，文化的恩人。

日本奈良唐招提寺内的鉴真和尚像，是日本现存最古老、最逼真的人物塑像，被奉为日本国宝。1980 年 4 月，迎请鉴真像回国在扬州和北京巡展，是中日佛教界的盛事。在鉴真像回国巡展圆满将返日本时，时任中国佛教协会会长的赵朴老写下这首汉俳，既有依依惜别的不舍，又见四海一家之豁达。

惠我以汤盘
历历孤明一字禅
将心与汝安

——赵朴初

自 20 世纪 50 年代始，赵朴老遵照周恩来总理的嘱咐，长期从事中日佛教界的友好交流事业。1982 年 3 月 20 日，朴老访问京都清水寺，时年 108 岁的大西良庆长老盛礼以待，奉茶相迎。

中日茶人称 108 岁为“茶寿”，以“茶”字拆而为“廿”及“八十八”，合为一百零八。大西良庆长老以香茶待客并赠予一个木制茶盘，茶盘上刻长老手书“一”字，以为“茶寿”纪念。赵朴老写下数首汉俳回赠，此为其中之一。

赵朴老素喜饮茶，自称“茶篓子”，常以茶禅入诗，深得饮茶真趣。此次访问，主人赠以茶盘，诗人贺以茶诗，中日佛教文化及茶文化交流史上，又留一段佳话。

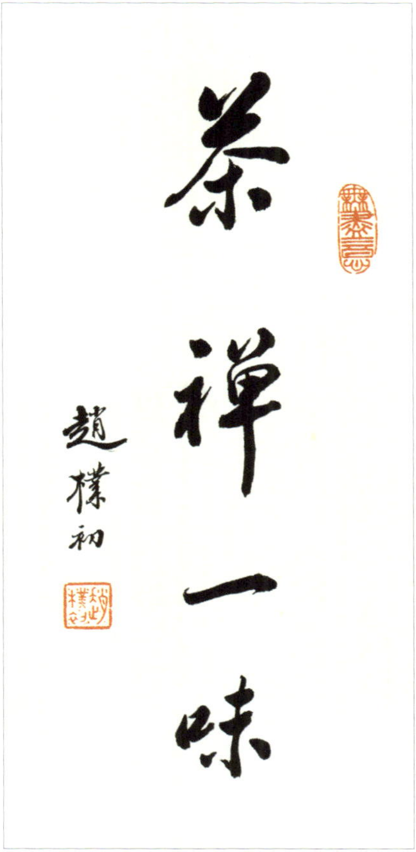

茶禅一味／赵朴初书

朴老无尽意

慈悲喜舍念苍生

宏愿满人间

——法量上人

赵朴老自称"无尽意居士"，书斋亦取名"无尽意斋"，给人题字时也常在书法作品上盖"无尽意"章。"无尽意"取意于《妙法莲华经》中的《无尽意菩萨经》，菩萨因"行愿，意无尽"而号"无尽意"。朴老毕生谦和淡泊、悲愿无尽，博施济众、奉献无尽，其赤子情怀，亦无尽意。

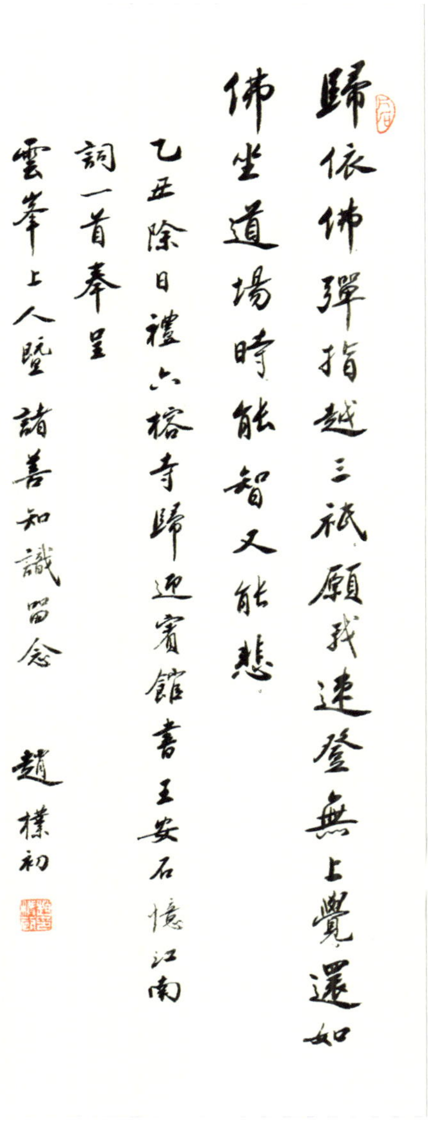
歸依佛彈指越三祇願我速登無上覺還如
佛坐道場時能智又能悲
乙丑除日禮六榕寺歸迎賓館書王安石憶江南
詞一首奉呈
雲峯上人暨諸善知識留念
趙樸初

能智又能悲／赵朴初书

心直道自真

寒梅铁骨响铮铮

贻香益众生

云峰长老（1921—2003），著名爱国高僧，中国佛教协会咨议委员会原副主席、广东省佛教协会原会长、广州市佛教协会原会长、六榕寺前任住持。云峰长老一生爱国爱教，戒行清净，生活俭朴，慈悲为怀，为恢复广州市各大寺庵建设、落实佛教房产政策、保护国家文物、培养僧才、弘扬正信殚精竭虑，做了大量艰苦的工作，深得教内外人士的尊敬和爱戴。

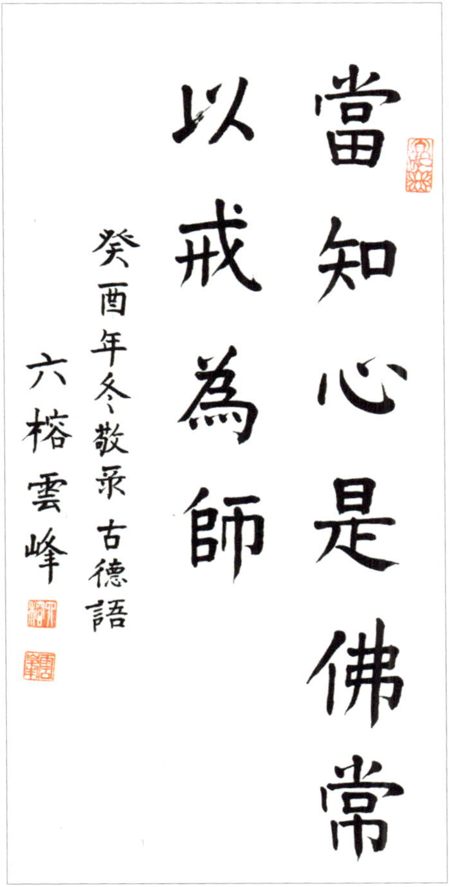

以戒为师／云峰长老 书

悠悠古刹／王海波 摄

久旱沐甘霖
古刹千年几废兴
朴老递佳音

六榕寺肇建于南朝宋，在超过 1500 年的历史长河中，几度废兴，尤以宋朝初年之浩劫为甚，古塔毁于兵火，寺亦荡然。

党的十一届三中全会后，国家落实宗教政策，赵朴老身为中国佛教协会第四、五、六届会长，为新中国佛教的恢复和发展，付出了巨大努力。1982 年 6 月 8 日，赵朴老致信邓小平，转达了美国妙峰长老和印尼侨领李荣坤的意见，呼吁六榕寺应交由佛教徒管理。很快，邓小平便做了批示。在赵朴老的奔走下，六榕寺成为首批对外开放的重点寺院，从此走向重光之路。

六榕寺前任住持云峰长老在悼念赵朴老的偈语中言“六榕重建公尽力”，正是记述了这一段历史。

云公朴老谊
光风霁月意相惜
足堪后辈师

赵朴老与云峰长老两位硕德耆宿，德高为人范，品正为人师，惺惺相惜，私交甚笃。赵朴老曾几次到访六榕，1986 年，赵朴老来穗，在六榕寺与云峰长老欢度春节，诗词相和，共诉衷肠。赵朴老填了一阕《临江仙》，词云："缘谢缘生观万法，休嗟剩水残山。参天榕树尚存三。塔波留胜迹，十地许登攀。昔日须弥今芥子，开颜平等相看。虚空无尽愿无边。一花还一叶，念念现庄严。"

碧水清莲／刘明 摄

汉诗是源头
和风沁润再回流
朴老挥笔就

日本俳句源自中国的唐诗宋词，大和民族在充分吸收了中华诗词文化的养分之后，根据自身文化特点及咏叹需求，开创和发展了俳句这一极具特色的诗歌体裁。在中日文化交流过程之中，日本俳句回流、反哺，经由赵朴老的正式引入，丰富了中国诗词的表现形式。

盎然／刘明 摄

榕苑继往来

合机契理护花开

禅门续汉俳

汉俳体全诗仅十七个字，极简极美，"五七五"的句式，有破有立，擅于记述一个瞬间，渲染一种意象，颇见禅味。六榕寺素有文禅互动的传统，将朴老创立的汉俳与六榕致力弘传之佛教文化相结合，以期承继发展，因缘具足，契理契机是也。

榕苑新芽／王晓东 摄

塔影

清和明净／王导 摄

嘈嘈市井中
纤尘不染郁葱葱
人言是六榕

广州城央，繁华喧嚣，却有一处清幽寂静、花木葱郁之地，此一方净土大隐于市，人置身其中，顿消凡尘烦恼。善之尤善者，此处并非闭门独善，而是敞开心怀接纳世间，虽则人来人往，难免带进许多红尘俗世的习气，却尽能于此间化于无形。这清净明和之地，究竟是何去处？熟悉的人都知道，这就是六榕寺。

塔影因时变

经年蚀日谁人见

孑然渡万劫

六榕寺塔，因其历史上多次放光，坊间又称"花塔"，始建于梁大同三年（537 年），后毁于兵火。北宋绍圣（1097 年）时于原塔基上重建，迄今又近千年矣。花塔朱栏碧瓦，丹柱粉壁，乃历史文化名城广州之地标建筑。

花塔高 57.6 米。日落月出，塔影随之移动，于塔下观影，可知四时之变化，如同日晷。遥望过往千年，一批又一批风流人物骈兴错出，一代又一代的时局更迭，只有孑然独立的花塔，历经风霜雪雨、天雷地震，见证广州城中的白云苍狗、物是人非。

经年蚀日／何跃进 摄

法身遍虚空
应化飞来驻六榕
以度娑婆众

六榕寺大雄宝殿供奉阿弥陀佛、释迦牟尼佛、弥勒尊佛，三尊佛像本不在六榕，因缘应化而来，坊间亦有“飞来佛”之说。

此三尊佛像于 1663 年铸成，供奉于广州大佛寺。后于“文革”期间受到冲击，佛像被分割数截待熔。幸得周恩来总理电示“凡是文物铜像应当保留”，佛像才免入熔炉。1976 年春，美国前总统尼克松和夫人下榻广东迎宾馆，见花塔高耸，乃问及六榕寺，三尊佛像以此因缘被请到六榕寺，焊接复原，此后便一直供奉于六榕寺。

佛有清净法身、圆满报身、千百亿化身，在此或在彼，皆为度众生。

度众生／高小丽 摄

云何得自在
自在观音犹自拜
自性自寻来

六榕寺观音殿供奉铸于明清两代的两尊观世音菩萨圣像，殿前横匾“得大自在”乃书法大家启功莅寺所书。民间有“观音拜观音”的故事，不外是俗语所谓“求人不如求己”之意，于佛法而言，佛性人皆有之，唯有反求诸己，向内而寻，不假外求，才得自在。

得大自在／刘明 摄

端坐肉身枯
菩提明镜本虚无
返观真面目

六榕寺六祖堂供奉的六祖惠能铜像，是六榕寺镇山之宝之一。铜像高1.8米，重500多千克，于端拱二年（989年）依照六祖真身以紫铜精铸，工艺高超，法相庄严，衣褶精致，栩栩如生。

自铜像铸成千年以降，六榕惠能铜像几经尘劫，幸而仍保存完好如初，为我们存留下了六祖大师的本来面目，实在是众生之福。

真面目／高小丽 摄

和衷抗疾情
补榕亭里药王临
康宁瑞气清

六榕寺药王菩萨铜像乃为纪念六榕寺僧众与南粤民众共同抗击非典疫情之史实，由法量上人延请美术大师周炳基先生敬塑，得檀越程丽娟合家乐施净资，助成胜缘。

药王菩萨像供奉于寺内补榕亭，端坐于灵芝座上，慈目悲悯，手持药罐、丹丸，为众生作依怙，为黎庶祈健康。

瑞气灵丹／刘明 摄

天上木棉花
闻法听经认此家
纷坠瓦间趴

木棉花是广州市市花，六榕寺内有两株高大的木棉树，每年春季花熟蒂落，在弘法堂及补榕亭周边的空地和瓦面上，就会一片彤红。

相传梁武帝时，云光法师讲经时感动上天，香花从天上纷纷落下。《心地观经》云："六欲诸天来供养，天华乱坠遍虚空。"

天花纷坠／王导 摄

和平问列国
何能立柱制心魔
声声念弥陀

六榕寺塔侧立有一四方柱，分别用中文简体、中文繁体、英语及日语标注“我们祈祷世界人类的和平”，虽是小小一根立柱，且藏于树木之中，却格外醒目，许多来寺的外国友人都会在此拍照留念。

中国古人素有立柱言志之举，佛菩萨的慈悲心，是普世价值之所在，只要人人心中向善，只须一声阿弥陀佛，心魔便不致乱生，和平便不是奢望。

愿景／王海波 摄

仰之弥高／王导 摄

仰望不能及
心怀敬意阅典籍
穷经通秘义

进入六榕寺藏经阁，心存敬畏。"深入经藏"，简简单单四个字，何其不简单。三藏十二部，哪一部哪一章不让人仰之弥高、钻之弥坚？几乎可望而不可及。

大道经行处／刘明 摄

天寒煦日临

慈心暖意慰人情

禅房笑语盈

六榕寺丈室位于藏经楼西侧，1912 年孙中山先生造访六榕寺，即在此室题书"自由平等博爱"贻赠六榕。丈室对联"大道经行处，众生愿乐闻"为书法家连登所书。法量上人于此接引众生，谈话间总是温文尔雅，笑意盈盈，充满悲悯情怀，令人暖意融融，常有访者因太过欢喜，朝早而来，直至日升中天，仍迟迟不愿告辞。

欢喜／刘明 摄

今日佛欢喜
更无一日不欢喜
喜自正念时

六榕寺释迦太子像，明朝精铸，高 60 厘米，重 15 千克，六榕瑰宝之一，平时恭藏于藏经阁，每年浴佛节，方迎请至弘法堂及补榕亭，接受僧俗四众至诚灌浴。此尊释迦牟尼佛太子像造像极为殊胜，常引来大家啧啧称奇，欢喜浴佛。

佛见众生，舍恶向善，转迷成悟，返妄归真，离苦得乐，即畅佛出世本怀，故佛欢喜。若日日持正念而行，则无一日不欢喜。

六榕寺佛教文化系
观影《大唐
共沐佛法
跟法师们一起看场

榕苑

舍利塔碑文
天纵王勃一气成
解译考群伦

"初唐四杰"之首王勃于公元 675 年莅临广州宝庄严寺（六榕寺前身），其时舍利塔（六榕寺塔前身）修葺一新，王勃以其最负盛名的骈体文，洋洋洒洒写下 3200 余字的《广州宝庄严寺舍利塔碑》。《塔碑》是中国文学史上迄今已知篇幅最长、内容包罗最广的宝塔铭文，是六榕寺的文化瑰宝，也是六榕文风炽盛之滥觞。文中涉及政治、宗教、经济等内容，堪称一部解读当年岭南社会文明与佛教文化的密码本，静静等待有缘人齐来破译。

大宝庄严寺舍利塔者梁大同三年内道场沙门云裕法师所立也
师夙登真地深
入慧门照果业于三明
拂尘劳于八
解羊车绮岁是欣半月
之伺风阁
年已振弥天之响道惟
坚固行乃头陀
百结斯安斥罗绡而不御
十珍屋贵对藜藿
而甘心于时以丕应天人大

文禅互动／何跃进 摄

清秋徙鸟疲

栖寄榕荫把墨题

谁解东坡意

宋元符三年（1100年），苏轼获赦返京，途经广州，于六榕寺附近安住月余。暮秋时分，正是广州一年好景，东坡先生常于寺中榕荫之下勾留憩息，有感而题书“六榕”二字。东坡才情非凡，于各处皆留有诗篇，何独留两字遗于六榕？盖“六榕”二字，既言寺中有六株榕树，亦寄意茂密榕荫，可隔绝世间六尘烦恼也。虽只二字，重于千言，后人敬重东坡一生波折，仍随遇而安，不堕其志，乃以先生所题“六榕”为寺名。

六榕／刘明摄

花茗一室香
崇文古寺惠风凉
琴箫竞绕梁

六榕寺既是法灯不灭之道场，亦是文气淋漓之宝地，历代皆不乏文人墨客来寺唱和雅聚，素有崇文之风。丙申年法量上人提议举办的“六榕初夏雅集”，为新时期六榕文化雅集活动之肇始，雅集融琴、箫、茶、香、花于一室，其大雅难以描摹。雅集请柬云：“丙申四月十六，六榕衲僧法量略备清茗，邀岭南乐人抚琴奏箫以上达法界，奉鲜花沉香供于佛前以祈福积德。想是夜皓月当空，惠风和畅，神音绕梁，龙天欢喜。此至诚至雅之事，唯知己知音共会，岂能无君乎？佳时良辰，诚邀莅临。”

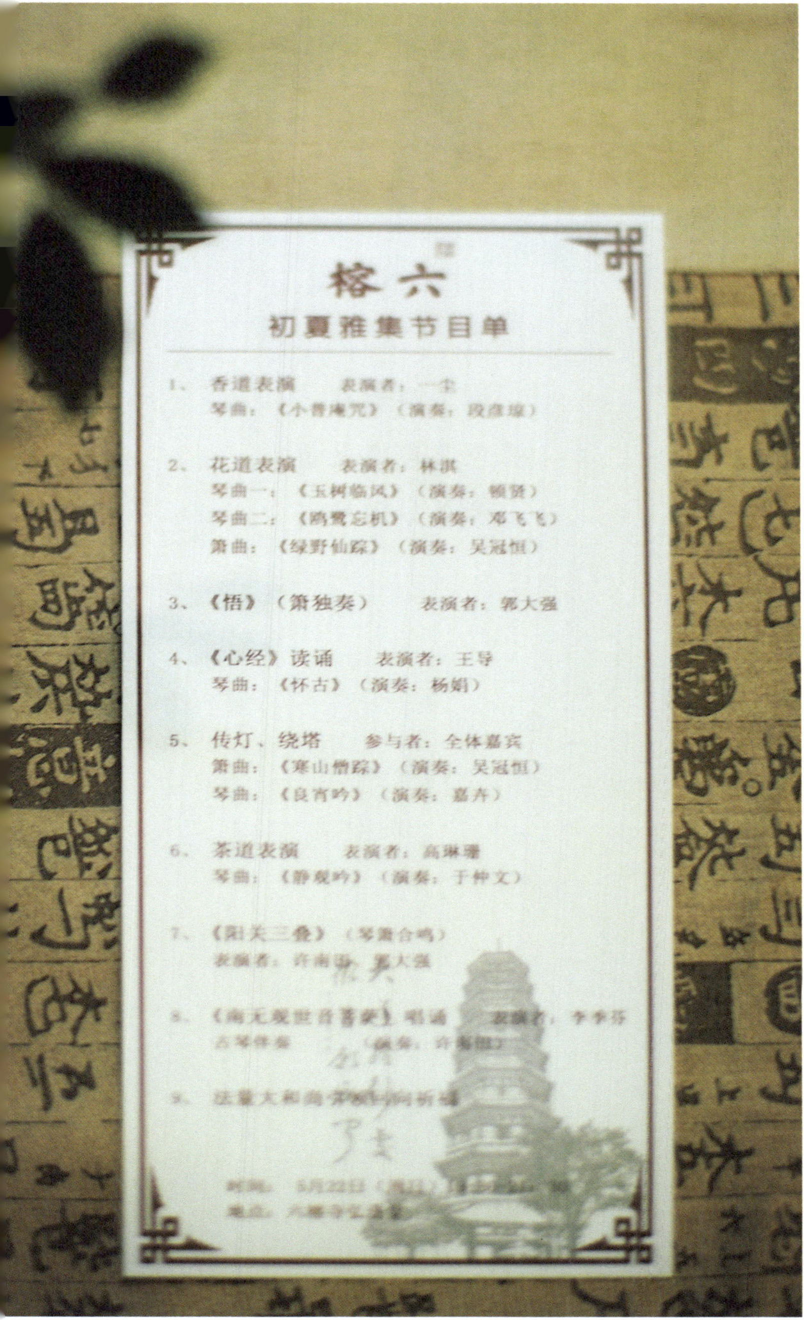
榕六
初夏雅集节目单
1、香道表演 表演者：一尘
2、花道表演 表演者：林淇
琴曲一：《玉树临风》（演奏：顿贤）
琴曲二：《鸥鹭忘机》（演奏：邓飞飞）
箫曲：《绿野仙踪》（演奏：吴冠恒）
3、《悟》（箫独奏） 表演者：郭大强
4、《心经》读诵 表演者：王导
琴曲：《怀古》（演奏：杨娟）
5、传灯、绕塔 参与者：全体嘉宾
箫曲：《寒山僧踪》（演奏：吴冠恒）
琴曲：《良宵吟》（演奏：嘉卉）
6、茶道表演 表演者：高琳珊
琴曲：《静观吟》（演奏：于仲文）
7、《阳关三叠》（琴箫合鸣）

雅集/高小丽 摄

塔下现僧踪
暮色箫声绕九重
苦乐尽随风

雅集之夜，法量上人及寺僧引领一众宾客，由弘法堂缓步而出，前往六榕花塔，绕塔三匝。忽闻洞箫声响，一曲《寒山僧踪》自塔畔传来，悠扬清远，隐隐然唤醒了远尘离俗的兰心铁骨，所有的一切都如箫声一般，随风渐渐远去。

暮色僧踪／KIM 摄

恐风偏／王导摄

举步似临渊
手掩萤灯恐风偏
落叶未及拈

传灯绕塔，祈福回向，凡六榕文化雅集必有之环节。少则数十人，多则达五六百人，六榕寺布局小巧精致，参与人数虽众，然经行线路安排得当，鱼贯而行，一心不乱。众人皆手捧莲花心灯一盏，跟随法量上人，亦步亦趋，缓缓迈步，如临深渊，如履薄冰，树叶飘落于衣上，亦无暇顾及。手中烛火如同萤虫之光忽明忽暗，大众皆小心翼翼，以手掩灯，唯恐被风吹灭，如同护持心中善念一般。

月下丽人柔

心灯相续对明眸

炯炯破昏幽

灯可破暗为明，佛教常将法、智比喻为灯。《维摩经》中说“譬如一灯燃百千灯，冥者皆明，明终不尽”，就是说传灯的作用，令佛法的弘扬无边无尽，灯灯相传、光光互照。六榕文化雅集，有许多善男子善女人发心甘做义工，张罗组织。当其时，明月在天，明眸在望，明灯在手，汇成心中一片光明，整个世界更无昏暗之处。

破昏幽／高小丽 摄

低吟嗡啊吽

萦回梵呗透苍穹

余音远且悠

丙申冬月举办的"六榕梵呗之夜"，是一场高水准的音乐盛宴，六榕寺法师及来自各地的梵乐爱好者500余人齐聚六榕寺，在榕荫之下，静心聆听马常胜先生的梵唱演出，体验禅修觉悟之道。是夜，星月凌空，梵音悠扬，有幸参与其中者，法喜充满，守一分宁静，得一身轻安。

梵呗之夜／王导 摄

观影／施用和 摄

观影僧俗众

发心大愿此情共

剧终泪眼蒙

佛教题材电影《大唐玄奘》上映时，六榕寺组织法师与大众共三百余人一起前往电影院观影。这是一次令人难忘、别开生面的佛教文化活动，包括法量上人在内，许多观影者为玄奘大师西行路上的艰难历程和为求正法九死不悔一往无前的精神而感动，潸然泪下。

闻法生智慧

愿诸有情恒安乐

止恶集众善

——法量上人

"六榕讲堂"是法量上人倡议设立的公益文化平台，定期邀请诸山大德、佛学院讲师，以及在传统文化、艺术、教育等方面有成就、有心得的大家前来六榕寺做主题讲演，旨在促进佛教文化与中华其他优秀传统文化的融合和互鉴。

"六榕讲堂"是开放、包容的平台，以佛法为本，融汇百家，堪称是佛教版的"百家讲坛"，向大众传递正能量，启迪智慧，导恶向善。

闻法开卷／刘明 摄

禅者心清净
无住利他愿无穷
天花献摩诘

——法量上人

六榕寺举办的不同类型的佛教文化活动，都得到了社会各界的无私支持和奉献，无论是历史、文化、教育方面的学者，还是书画、诗词、琴道、茶道、香道、花道等专业翘楚，他们不仅在各自不同的领域有着深刻的实践和见解，更难得的是还亲近佛法、熟悉佛教义理。“维摩诘居士”是生活禅的杰出代表，若欲生活具禅味，就要研习摩诘不二禅。法量上人以“天花献摩诘”赞叹护持六榕的文化名人，饱含着极高的认可和深深的谢意。

心清净／何跃进 摄

慧／何跃进 摄

古哲智慧语
修身养性乐融融
入耳又入心
——法量上人

古刹善用新媒体，"六榕寺微信公众号"及"榕荫公益广播" 是六榕寺两个重要的新媒体弘宣平台。经典读诵又是新媒体内容的一大特色，义工播音员选取古哲先贤的智慧篇章及佛教小故事，以沉静、和缓、优美的声音播送，让有缘众生在轻松的氛围中，细细聆听，入耳入心。

慈悲喜舍／罗敏 摄

慈悲平等意

恒治诸恶集众善

春夏又秋冬

——法量上人

六榕寺有一支“榕荫志工团队”，志工们以“自利利他自觉觉他”为宗旨，利用业余时间，以身布施，广种福田，在斋堂、保洁、香灯、安保、弘宣等各个岗位不辞辛苦，任劳任怨，以慈悲喜舍之心发心护持寺院的各项弘法利生事业。

德莊嚴

禅悦

清脆哗啦响

遂了尔等心头想

无遮花更香

六榕寺丈室的观音菩萨圣象，原是有一个玻璃罩的。我曾暗自嘀咕这罩子虽可隔阻灰尘，却不够简洁。一念既起，合该有事。某日，因为需要一张配图，请义工给观音像拍照，好巧不巧，玻璃罩子竟不慎给打烂了。为向上人说明并领责，遂作汉俳一首。

无遮花更香／高小丽 摄

空谷回音／刘明 摄

无遮花更香
莫作平常意识想
空谷做么响

——法量上人

书接上回，上人得知观音像玻璃罩被打破之后，以汉俳一首回复。

绿丛荫青柑

落红添彩人专注

茶汤绚花色

——法量上人

小青柑普洱茶，融合了清醇的柑皮果香和普洱茶醇厚甘香之味，冲泡后汤色透亮，汤感细腻。在绿荫花丛之下，啜一口茶，忽然想起王阳明的那一句："你未看此花时，此花与汝心同归于寂。你来看此花时，则此花颜色一时明白起来。"

花色／王海波 摄

重启旧花盆

植入幽兰在其中

室雅花溢香

——法量上人

上人爱赏兰，也爱亲手植兰，丈室终年兰香隐隐。上人风骨，亦如空谷幽兰。

室雅生香／高小丽 摄

书香沁玉兰
推窗对塔望天南
无由慕远山

春日，从书架随意取下一册，假装想读书。一股若有若无的暗香传来，与书香沁润在一起，直入心脾——这定是阅览室外南侧的白玉兰花开了！不由得放下书，想要看个究竟。甫一推窗，还来不及去寻找那株白玉兰，那近在咫尺的花塔，以及天南之外的白云朵朵，已猝不及防地撞入眼帘。陶潜诗云："心远地自偏。"此时此刻，自有真意，参禅悟道，就在当下，更有何理由再去羡慕远方和深山？

天南有白云／罗以伟 摄

煮茶／高小丽 摄

谁言阴雨恼
手捧金经花绽早
丈室煮白毫

南方的阴雨季节，粉雨绵绵，天阴雾漫，连月不止，常使人心情郁闷。如此之时，读书诵经，最为吉祥。在丈室门前望向解行精舍的小院落，花儿沾着水珠悄然绽放，一阵浓香飘来，却不是花香，是铜壶里煮着的老白茶，在呼呼地冒着白气。所谓境随心转，不外如是。

放下／王导摄

问道上人前
有客滔滔有客恬
我只把茶添

世人有缘入得六榕，求法答问于上人座前。有人或觉因缘殊胜，高谈阔论，口灿莲花，不穷不绝；有人却碍于紧张，手足无措，言拙词穷，只局促坐着，不敢接上人半句之语。当其之时，若吾侍茶，则必不作理会，只管给客人添茶便是。如是，茶响而断句，滔滔亦有语止时；茶甜而慰心，拘谨亦有颜开时。

闻师去远参
几案无书懒坐禅
径取茶来叹

上人精进修行，吾辈侍于座前，于言传身教熏陶之下，倒也能乾乾不辍。某日忽闻上人离寺远行，问道参游而去，便书也不读了，腿也不盘了，偷偷取出上人珍罕好茶，只管吃茶聊天，空过时日。看来，于"慎独"二字，实在难持啊！想来吾等心思，智如上人，必洞若观火，只不道破而已——当然，吾辈松懈也算有度，一过即收，当不致放浪形骸也。

径取茶来叹 / 高小丽 摄

寺笼明前雨

垂髫不解禅何意

说来却是诗

有一枚六龄童，能背诵《金刚经》，狡黠聪慧，常出入于寺中。一日问及其对六榕寺印象如何，答说环境很干净，绿树成荫。再问六榕寺的人文方面如何，答说人很多，特别是春节。再与其解释“人文”之意，又回答：“今天下雨嘛，我在六榕寺，感觉风雨中都是禅意。”再问什么是禅意，答：“禅意是无法解释的。”

风雨皆成诗／罗以伟 摄

不忍扰歇乏
小院徘徊赏桂花
相见亦无他

上人的寮房位于解行精舍。解行精舍是六榕寺一处别致的地方，建成于清代，两层建筑，禅意幽幽，是我最喜欢留连的一处。午后，难得没有客人，便欲前去亲近上人，说说话聊聊天。到了精舍的庭院，旋即又打消了念头，想着上人连日来为人说法解惑，实在是太过疲乏，还是让他多点休息为好，不忍再行打扰。反正，见着上人，也没有什么特别要紧之事，不如就悄悄地在小院里待一会儿，安安静静地嗅一嗅桂花香吧。

小院／刘明 摄

妙音透牖／高小丽 摄

寂寂禅门闭
声声透牖开经偈
朝朝不辍习

六榕虽处闹市，清晨时分亦有万籁俱寂之感，偶有早醒的鸟儿一声鸣叫，愈显清静，如在深山。缓缓步行于解行精舍的小院回廊，闻着不知哪一株花儿迷离的芬芳，享受这一刻的静谧。忽然，从寮房传来上人的诵经声，声虽轻而清朗，忍不住离远了在院子里的友谊殿前的地毯上盘腿而坐，静心听上人诵经。此时，应该是解行精舍最迷人的时候吧。

童心/高小丽 摄

童心不染尘

骂之解笑打不嗔

莫使蔽天真

六一儿童节，蓦见六榕丈室之插花，本是庄严丈室亦偶有如此童心，忍俊不禁，想起清八指头陀诗一首："吾爱童子身，莲花不染尘。骂之唯解笑，打亦不生嗔。对境心常定，逢人语自新。可慨年既长，物欲蔽天真。"改而为汉俳。

武人重技击
书生何故也太极
猿心是我敌

闲暇时，常于六榕寺中练拳，受千百年道场殊胜之气熏沐，自觉进境可喜。有人好奇："太极乃道家之术，君一介白衣，却于禅院习之，颇为费解。"我说："太极是道，而非道家独有。青青翠竹无非般若，郁郁黄花皆是妙谛，武人以御敌，儒生以修身，禅者以调心，有何不可？"

御心为道/刘明 摄

塔下竞欢颜

我于浮屠遇雪莲

冷寂挂飞檐

乙未腊月十五，南国羊城忽飘雪，全城皆动。其时，慧一居士恰于花塔中检视修缮工程，目睹白莲纷坠于塔檐斗拱，一片闲寂，与塔下游人欢呼阵阵大相径庭。想广州城中降雪已是罕有，更于舍利塔中遭遇，此事殊胜，此生难再得，吟得七绝，遗之于吾。吾取其意象，另起一俳。

冷寂／罗以伟 摄

清晨风和露

涤荡世间尘无数

无相亦无住

——笔舒居士

六榕的早晨极美，与黄昏一样美，就像日间和晚间那样美。当露珠还在叶梢尚未消散，啾啾鸟鸣已经唤醒了整个寺院，一切都那么清新。

栖止／高小丽 摄

秋风抒意画
霜叶红于二月花
盛景在中华

——笔舒居士

岭南春潮夏热，一年好景尽在秋矣。秋风乍起，于六榕庭中，见一叶渐红，遥想中华大地，此时的北国已是层林尽染，一片盛景，时值国庆，遂成此篇。此首汉俳，由近及远，由小及大，颇有日本俳人正冈子规"我庭小草复萌发，无限天地行将绿"之风。

秋风抒意画／何跃进 摄

慈颜萌笑意
影若游鸿翩杳至
智者是吾师

相由心生。上人恒怀慈悲之心，脸上总是洋溢着暖暖笑意，当他由远及近翩然而至，卓然睿智、相好庄严，令众多居士一见即生恭敬景仰之心。

智者是吾师／刘明 摄

参游

月落欠乌啼
不待晨曦走缕堤
觉照路无歧

乙未年，世界佛教论坛于无锡举办，随侍上人假道苏州前往。夜宿姑苏城中，霜月俱在，独少乌啼。晨，上人诵经毕，便到湖边的小堤经行，其时晨曦未照，即依心灯觉照，湖面水气迷漫而路不曾失。

等晨曦／王海波 摄

师父弯下腰
路边蚯蚓何处来
乐山仁者爱

——慧一居士

慧一居士与法量上人于湖边经行，上人缓行于前，慧一亦步亦趋。忽见上人停下脚步，俯首躬身。慧一上前，见一蚯蚓于路面挣扎，上人正小心呵护，将其送回湖边湿润泥地。

看着偌大的湖面，慧一脱口而出："古人说'仁者乐山智者乐水'，我喜欢临水而居，师父您呢？"

上人一笑："你喜欢水，那……我就喜欢山多一点吧。"

仁智之人如山水一般，兼具慈悲厚重与敏捷通达。上人如此作答，随缘应机而已。

山水之乐/刘明 摄

灯火阑珊处

新月倒悬水无痕

西湖胜西子

——法量上人

苏东坡对着白天的杭州西湖说："欲把西湖比西子，淡妆浓抹总相宜。"上人对着夜晚的惠州西湖说："西湖胜西子。"

古塔新月／刘明 摄

水不起漪澜

春晓苏堤步似磐

静待柳芽翻

丁酉早春，随侍上人赴杭州，为筹建六榕文化艺术馆而做学习考察。一日清晨，上人以极缓慢之步经行于西湖漪园之中，一步踏实，方迈一步，观心调心，物我两忘。乍暖还寒季节，湖面如镜，波澜不兴；湖堤杨柳新芽待萌，只待一夜春风，便将舒黄吐绿。

步如磐/高小丽 摄

瓯江遇高贤
罗山烟雨润心田
碧水悦禅心

——法量上人

丁酉初夏，随侍上人赴温州参加护国寺了证和尚升座法会，遇瓯江高贤章方松居士，同游温州胜地大罗山。方松居士亦擅汉俳，上人因以汉俳相赠。

烟雨/陈卫东 摄

东溟潮声起

六榕千里望罗峰

梅潭绿澄觉

——章方松

朱自清的散文名篇《绿》，这样描绘梅雨潭的绿："我的心随潭水的绿而摇荡。那醉人的绿呀，仿佛一张极大极大的荷叶铺着，满是奇异的绿呀。"这个梅雨潭，正是大罗山仙岩景区的梅雨潭。方松居士以此汉俳回赠上人。

绿／刘明 摄

听潮／王海波 摄

法慧海无量

空谷吹来大潮风

新雨润小松

——章方松

同游大罗山，上人随机说法，方松居士聆听开示有感。

夜行踽踽途
可慰风尘且驻足
一盏阑珊处

丁酉初冬，随侍上人赴绍兴拜会文化名家沈定庵老先生。夜，上人歇息，我犹不能寐，独行于山阴城中小路，细雨、微冷，忽见僻陋窄巷深处，一盏灯火，阑珊暗淡，却温暖如斯。

一盏阑珊处／王导 摄

山外

山中苟且时
尘中不解子规啼
人皆羡是诗

丙申夏秋之时，旅居于陕西眉县太白山中，凡两月有余。借山而居，是多少红尘中人出世离俗的梦想，然而隐于山中，并非一切都如想象中美好。都说距离产生美，远方的友人只看到我在山中悠然自得，却很难了解我在山中的一地鸡毛。

“人生不止眼前的苟且，还有诗和远方。”可远方在哪里？谁又是谁的远方？在远方的两端，彼此眼前的苟且都可能是对方的一首诗。山中子规鸟开始啼叫，好像在说“不如归去，不如归去”，却要问一声，归去哪里？

山中日常／王导 摄

拾得鸟羽毛

寻常色调野花蒿

清香不忍抛

随侍上人于山中问道参禅。秦岭七十二峪，山高林密，生态自然，行走于山径，常常拾得野鸟掉落的羽毛。这些羽毛大多并不漂亮，寻常的颜色，让人联想起空谷中野花野草的淡淡清香，也如同在深山里清净修行的人一样，实而不华。

寻常颜色／王导 摄

痴痴望太白
前身似在此间埋
今生百度还

太白山乃秦岭山脉最高峰，也是青藏高原以东最高峰，高、寒、险、奇。李白曾有《登太白峰》诗云："举手可近月，前行若无山。"自丙申春夏间随侍上人于秦岭各处访友问道，得见太白山，便为其魅力所惑，数次前往，或遥望，或登攀，兼之对当地的饮食、气候、物产无不有亲切熟悉之感，直疑前生是否常居太白。

太白麦熟／王导 摄

溪声／刘明 摄

由西复返东
寻得涧水响叮咚
坐南对北峰

我爱山，入得山来又爱水，有山无水总觉得不够圆满。初夏，在秦岭山脉中兜兜转转，明晃晃的太阳照得人有些不耐烦，忽闻大珠小珠落玉盘，循声而至，果然见一泓溪水，便觉全身舒坦，一屁股坐下来，又见北边一座山峰，形如笔架，不远不近，怡然不动。

白瀑涌崔嵬
雾罩天机不令窥
骑鹤探希微

重重叠叠的青山之中，忽有一股白练飞出，有心想前去一探玄妙形迹，苦于云遮雾罩、山高路险，不可亲近。

白瀑涌崔嵬/陈卫东 摄

月夜／何跃进 摄

高山有麦田

摸黑涉险路无边

停车月在天

住山修行的法师，安住在山上一处小村落的茅蓬，景色秀美，金色的麦浪与太白山山巅的积雪相映成趣。一晚，虽明知山上梯田紧接着梯日，最窄处仅容一小车通过，视线又被高高的油菜花挡住，连轮胎都有外悬之危，我仗着自己日间曾数次通行，趁夜上山，完全凭着意识和经验，到了高处一处平地，停车回首，月已挂于中天，背脊冷汗涔涔。

访友踏槐花
终南胜境无尽意
无来亦无去

——法量上人

终南山槐花盛开的季节，心旷神怡，随侍上人入山访友。花香扑面，满目翠绿，若非与上人一起，简直想踏歌而行，大吼几声。

访友／王导 摄

采槐／高小丽 摄

终南又采槐
遥寄城中香满怀
竞惹仙客来

初夏，秦岭各个山头的槐花陆续绽放，一串串洁白的槐花垂坠在枝头，整个山谷都弥漫着淡淡的清香。看着槐花开蜜蜂舞，心花也跟着绽放。我辈俗人，毕竟不能数年如一日安住于山中，放下万缘一心修行。这不，方居山中数日，见到如此可爱曼妙的槐花，还是会忆起远方城中的友人，人隔千里，欲寄相思，也得是那些懂人心意的仙客，才当得起这眼前槐花素雅的香气吧。

槐香漫野飘
三千弱水取一瓢
茅蓬做素包

住山修行，靠山吃山，到了山上的茅蓬，香椿、灰灰菜、蒲公英……一茬茬的野菜撑圆了我的肚子。接着，又是漫山遍野槐花开的季节，终南山的槐花不仅好看，好闻，更好吃。趁着槐花的花骨朵还没打开，采下来做素包子馅，或是做一碗槐花冬菇汤，都是极美味的。正当我贪婪地采摘槐花的时候，远远地传来住山法师的调侃："你倒是留些槐花给这个世界吧，你的小小肚皮能装下多少呢？够吃就好啦！"

茅蓬做素包／王导 摄

琴中无相/张鹏 摄

七弦出妙音
心中禅曲指流觞
返闻空大千

——法量上人

天下修道，终南为冠。悠然南山，僧、道、儒、医、武、隐，各得其所。有修行者善古琴，素心抚一曲，心驰云天外。

返闻空大千
弦音且问去谁边
岭云幻变间

依韵和法量上人。一曲古琴终了，纵有余韵，弦音终是无可觅处，唯见窗外远山，山峰岭头云彩变幻，忽似白衣，忽如苍狗。

云幻间／何跃进 摄

山高云翳飞／朱家强 摄

山高云翳飞
心存猛虎嗅蔷薇
留神脚下危

行走山野，没有什么比脚下那一步更重要的了。山路险峻崎岖，时有落石松土，稍不留神便失足成恨，我贪恋秀美风光，只顾拿起相机拍照，好几次差点踏空。上人提醒几次，我犹不以为意，如是三番几次，上人一改温和神色高声喝道：“看脚下！”

壶中日月长
入山便忘世间忙
轻呼燕入堂

"食罢一觉睡，起来两碗茶。举头看日影，已复西南斜。"要得到白居易《两碗茶》中的闲情逸趣，不是件易事，须得无忧无乐，既不惜日促，亦不厌年赊，还是那句话："不是息心除妄想，皆缘无事可商量。"世间尘嚣皆与山居之人无涉，山人在意的，是能不能请到在那山间比翼呢喃的燕子，入堂一叙。

山居／王导 摄

凉凉风揽翠
流水泠泠云影碎
何物唤得回

秦岭腹地，有一处村落，群山包围犹如莲花中心，鸡鸣犬吠宛似世外桃源，一条大河穿村而过，古松傍水，山风依人。立于河岸树下良久，沉吟忘返，无事可做，录一段视频予友人分享，友人见其情其景，赋诗云："白云挂岭本无意，冷泉漱石岂有情，山风过耳似旧梦，碧涧东流唤春回。"作此汉俳以和，反其意而用之。

流水泠泠／王海波 摄

青涩犹觉暖
春枫不堪秋风染
红时日渐寒

世上许多事如此，世上许多人如此，我得问问我自己。

青纯只在未红时/李伟 摄

且独行／王导 摄

欲贪灼人心

我乐光明远谄曲

无侣且独行

——法量上人

读此汉俳，不禁记起法量上人丁酉新年贺辞，一段如诗一般的文字："始终保持慈悲仁爱、宁静安祥、超脱与喜悦，不受这个世界的干扰，让我特立独行吧！时刻摒弃爱欲贪取、忿恨与痴迷，慧剑斩断诸束缚，不惧不畏生命的寂灭，让我特立独行吧！"

10 分钟，可以看完图片
1 小时，可以通读文字
这本小书，如斯轻薄

1500 年的传承，是历史的人文纵深
15000 平方米的精致，是当下的清净庄严
这本小书，克承厚重

众缘和合，感恩无尽
谨以此特别的小书
献给我们特别的六榕

——王导

本书电子文稿及清晰图片，收录于编著者的微信公众号。